JN251324

田中みずほ

詩集　こころのうた

伝えてよ　風

青風舎

命の詩

愛する熊本・大分の人々へ

大地が震える　壊される
求めても　求めても　失われた命は返らない
わたしには　何もできない　泣くことしか　できない

しかし――
生きよう！
お年寄りも子どもたちも　動物も木樹(きぎ)も

若い人も　みんな
悲しみは　大地の
すべてに　あずけて

そして——
叶えてくれる　そう神様が
あなたの大きな悲しみを
喜びに
ゆっくりと　やさしく
あなたの心に寄り添う音楽のように
そしてまた昇る　あの太陽のように——

Ⅲ 祈り

I

ほとばしる想い

花

みどり深き草原に
咲く
紅き
一輪の花
風に耐え
雨にうたれ

そして
陽を浴び
希望に燃え
しずかに揺れる

花は咲く
ただひたすらに
空に向かって
ただひたすらに――

朝の子ども

朝の子どもは　愛らしい
咲きたての　すみれのように
ほのかに甘い香りがする

朝の子どもは
瑞々(みずみず)しい

木の葉(こは)の銀の露のように
きらきら朝陽に輝く

リンリンと
鈴を鳴らして
踊れ　子どもたちよ
ランランと
歌をうたって
踊れ　子どもたちよ

めざして

まだ見たことのない地へ
いざ　出かけよう！

鳥になって
魚になって
空は広い
海は深い

まだ見たことのない地へ

いざ　出かけよう！

花はゆれ
街はざわめき
鐘は響き
人々は集(つど)う

まだ見たことのない地へ
いざ　出かけよう！

出逢うために
約束のために！

孤独

孤独
わたしはそれを　愛する
孤独
それは　わたしの真実
孤独
それは　この世の始まり
孤独
それゆえに　わたしは愛する
草花を　虫たちを

そして人々を

孤独
それはあの空　あの海　あの彼方

孤独
それは　わたしの憧れ

孤独
それは　この世の始まり

孤独
それゆえにわたしは愛する
草花を　虫たちを
そして　人々を

太陽が昇る

朝　目覚めると
そこは　風の吹く
草原のまんなか

羊たちに囲まれ
わたしは空を見上げる
そう　朝が来た

わたしは祈る
この心に
あなたを確かめる「守りたまえ」と

太陽が昇る
さあ　でかけよう
東か西か南か北か

羊たちに別れを告げ
わたしは新しい地を
めざして歩きだす

わたしは再び祈る
この心に
あなたの導きあれと

太陽が昇る
さあ　勇気を出して
足にはリズムを

唇には歌を
心には　祈りと願いをたずさえて

輪舞（ロンド）

あおい風が吹く
ロンドに乗って
地球は回る
太陽と月と
星が踊る
わたしはうたう

はるかなる旅路
めぐる季節
その中心で
たったひとつ
変わらないもの

それが
この不思議の
真実
それを求めて
わたしは今日も
歩いている
ロンドに乗って

雨

雨は降る
いとも　清らかに
天使の涙さながらに

雨は想い出
記憶の水滴
心は涙を
忘却の海へと
注ぐ
悲しみを
やさしさに還すために

彼女

彼女の横顔に
朝陽が射せば
今日が輝きだす

彼女の指先が
美しい石をかきあつめ
糸につなぎとめる

彼女が
ひとつ欠伸(あくび)をする
そうすれば
午後に
緑が潤う

そうして虹が懸(か)かると
彼女は
静かに鍵を閉めて
海へ行きます

眠りより

海深く
ねむる
魂たちよ
目覚めて
いくつもの

泡となって
空に昇り
舞えよ
うるわしい
光とともに
風に乗って
わたしのもとへ
さあ！

命

わたしの海
青い記憶

わたしの海
なつかしい未来

ゆっくりと
わたしは彷徨(さまよ)う
わたしの海を
永遠に

何故？

人はみな何故
生まれてきた？
人はみな懐かしい歌を
聞くために――

人はみな
どこへ行く？
人はみな懐かしい場所へ
還るために――

人はみな何故
別れる？

人はみな　懐かしさと
出逢うために――

人はみな何故
生まれてきた？
人はみな何故
生まれてきた？

闇

刻む時
静かに迫る闇
夜は逃げたくなる
孤独と不眠

夜は明けるだろう
明日は来るだろう
けれど今は
囚われ人

みえない籠(かご)の中の
小さな

ふるえる鳥
誰か
ここから出して！

海になりたい

わたしは海に憧れる
海には心があるから

かなしみでいっぱいになった時
わたしは海を見つめる
海には歌がある
わたしをなぐさめる
青海原の歌は
いつしか
かなしみをそっと
ねむらせる

わたしは海になりたい

過　去

孤独をとり残して
世界は行ってしまった　けれど
あなたの中に見た
いつかの記憶に
息をのむ瞬間
わたしの時計は止まり

わたしの未来はもうなくなった
どこに逃げても隠れても
同じ時から時までの
リピート
もう終わりにしようと
誰も言わせてはくれない

過去とは
現実の化石

けっこう彼女は楽しんでいる

けっこう彼女は楽しんでいる
ひとりの自分の愛し方を

けっこう彼女は気に入っている
ゆれる心のアンバランスを

それなりに
いじらしくもあり　いとおしくもあり
ちいさな　ときめきを
うまく　かわして
あそんでいる
ゆれるピアスみたいに

つめの先まで
恋にそまったふりをして
はじらったり　うつむいたり
わらったりしているけど
ほんとの　心はわからない

けっこう彼女は楽しんでいる
ひとりの自分の愛し方を

けっこう彼女は気に入っている
ゆれる心のアンバランスを

すすめ！

すすめ　すすめ
山も川も海も空も　ものともせずに

すすめ　すすめ
風は良好　いざすすめ！

力強く
おそれるものは何もない
心に祈りを
唇には歌を

すすめ　すすめ

リズムにのって　ステップふんで！
子どものように
いさましく　いざすすめ！

力強く
おそれるものは何もない
心に祈りを
唇に歌を

すすめ　すすめ
風は良好
夢の地　めざして
いざ　すすめ！

昔

子どもの頃
森には
不思議が棲(す)んでいた

ざりがに
しいの実
はぜの葉
なつめ草

子どもたちは　みな
元気で
いろいろなことを教えあった

魚つり
木の実ひろい
木登り
花かんむり

夕暮れになると
ひとり　ふたり……
煙のあがる家へと帰った

さよなら
さよなら
またあした　と
手を振って

風よ

いつのころだか
あこがれはじめた
紅い花　ワレモコウ

風よ　聴いてよ
わたしの歌を
祈りと願い

いつのころだか
とうさんと　かあさんと　わたし
みっつの影法師ならんでた

風よ覚えてて

わたしの記憶
あのころの祈りと願い

風よ　おまえは
古くて懐かしい
メリーゴーランド
わたしを乗せて
この世の永遠(とわ)の地へ
運んでくれる

いつの日か
この身体(からだ)が消えても
この魂を　この歌を
伝えて　風よ
伝えてほしい
永遠に

歌

歌よ
歌よ
歌の魂よ

おまえは
自由
限りなく自由

誰も
おまえを

止めることはできない

愛する者の
心へ
おまえは
わたしを
つれて行く

歌よ
歌よ
歌の魂よ

おまえは
限りなく
限りなく強い

誰も
おまえに
勝る者はいない

争う者の
心へ
おまえは
いさましく
いどみゆく

歌よ
歌よ
歌の魂よ

おまえは
自由
限りなく自由

誰も
おまえを
止めることはできない

そして　わたしは
おまえを
愛している

片恋

答えのない問いを
くり返し　波のように

あなたが好きと
言えない理由（わけ）

秘めた想いは
カモメのように
白く切なく舞う
返してよ　心を
あふれる切なさを

あなたはそれと
知らず　ほほえむ

やさしさは時に
うすい貝がらのように
そっと人を傷つける

でも
知らぬこと
この恋は
あなたの知らぬこと

そう
片恋
この恋は
満ちぬ海のかなしさ

人形の恋

あなたに象(かたど)られて
あなたに瞳を入れられ
あなたに紅をさされて
あなたと舞う

舞っている時の
激しさ　あなたの鼓動

止まっている時の
静かなあなたの吐息

全てはわたしのもので
全てはあなたのもの
ゆえにかなしみも深く
切なさもあつく胸をこがす

人形の恋心をおはかりください

桜

うす紅の桜の花は
いろいろな想い出と共に咲く

片恋のあの切なさ
誓いあった友との別れ

かなしくもあり　やさしくもあり

静かに咲く桜をみていると
永遠という時が
あるような気がする

わたしがこの世から去っても
この桜並木は
春になれば
誰かの心に
想い出を散らすでしょう

恋

心を　ときめかすもの
心を　とかすもの
心を　ときはなつもの
それは　恋

恋は花のようなもの
恋ははかないもの
恋ははつるもの
それは散るもの

散るものは　美しい
散るものは　はげしい

散るものは　音がしない
それは　切ない

切なさは　つのるもの
切なさは　つづくもの
切なさは　つきぬけるもの
それは　終わらない

終わらないものは恋
終わらないものは散る
散ってなお　はげしく
つのるものが　恋

あの意味を

どうしてあなたが
あんなことを言ったのか
わからないまま
時が過ぎて
それが心のすみで
いつもひっかかって
記憶からはなれない

恋を仕掛けたのなら
そうと言ってほしいけれど
ただのいたずらなら
とても切ない

たったひとつの言葉が
こんなにも人を苦しめていること
あなたは知っているのか
知らないのか

おしえてほしい
あの日の言葉の意味を
「きみがぼくのうさぎだ」と
言ったあの意味を

どう思えばいいの
あの日のことばの意味を
「きみがぼくのうさぎだ」と
言ったあの意味を

苦しい恋

愛するひとよ
明日はしおれる
花になっても
あなたに　そっと
つまれたい

愛するひとよ
あなたの枕辺で
ほのかに香り
夕べの夢で
咲きたい

愛するひとよ
わたしは切ない

愛するひとよ
願わくばわたしを
その指で
最後の別れの
握手をして

愛するひとよ
さようなら
わたしは窓辺から
その指を離れ
この想いと共に
身を投げよう

ひとつの愛

あなたを想えば
心があたたかくなる
愛(いと)おしさは
心を深い海とし
わたしは満たされる

ひとつの愛が
わたしをやさしくする

II

祈り

Angel

やさしい雨が降ってきたよ
太陽は
花を咲かせ
やがて月と星は天使を呼ぶ
この世で解けないものは
たくさんあるけれど

願わくば
あなたの心を
解きたまえ
朝がくる前に
あなたの心を
解きたまえ
天使たちよ

偶然とは

星の降る夜
あなたに祈る
幸多かれと
宇宙の彼方へ

その祈りを送る
偶然とは
神様の
計り知れない
贈り物
大切な約束

クリスマス　Ⅰ

白い粉雪が舞い
すべてのものはみな
生まれかわる

その夕べはしずかに
すべてのものはみな
頭(こうべ)をたれる

祝したまえ
わが父よ
聖なる日
クリスマス

澄み渡る鐘
すべての町に村に
和する音（おと）

人みなこぞりて
主に向かい
歌をうたう

祝したまえ
わが父よ
聖なる日
クリスマス

さよならではなく

あえて告げよう
「さよなら」ではなく
「行ってきます」と

あなたの言葉を
大切に胸にしまって

あえて流すまい
涙は――
微笑みを預けて

もう一度

わたしをしっかり抱きしめて
力強く

あなたのぬくもりは
日射し
あなたの厳しさは
嵐
あなたの言葉は
道しるべ
あなたの祈りは
鐘の音

さあ　靴ひもを結び
わたしはでかけよう
そして　あえて　告げよう

母さん
「さよなら」ではなく
「行ってきます」と

船出　I

船出の予感
風はどちらから吹く？

時は来る
わたしはしずかに祈る

あなたに
育まれし
この身を
いとおしく
思えることに
感謝しつつ

ありがとう
わが父
わが母　よ

わたしは
心の歌を
忘れない
いかなる時も
忘れない
十字架のように

行ってきます
わが父
わが母　よ

行ってきます

告別

さようなら
人生よ
友よ
空は
今も青く
海も青い——

そして
それは
永遠にと
願うだけ――
そうして
わたしは
静かに瞳を閉じる
天の
光の扉の前で

Misa

あなたの黒い髪が
潮風になびいている
明け方の海は
希望に満ちている
あなたは
ほほを紅くして
輝く瞳はまっすぐに

あの地へと向け――

わたしは祈る
あなたの願いを
そうしてわたしは信じる
あなたのために
昼も夜も
神が祈っておられることを
天使たちと共に
今も後も永遠に

祈り

夕べに祈る
あなたを想い
あなたを想えば
心がぬくもる
愛おしさは
いつしか深い海となり
やがて

月とともに満ちる
やさしい想い
あなたが
わたしを包む
やがて夢の中で
わたしは
ひとつの
愛を生む

旅

果てしもない旅
わたしは行く
あの地へ帰るために
あの懐かしい地へ帰るために

あなたの声
わたしは目を閉じる
その響きはわたしの心へ
あの懐かしい歌へとつづく

それゆえに
わたしは歌う
ああ　風よ
運んでおくれ
この歌を

果てしもない旅路
わたしは今日も行く
あの地へ帰るために
あの懐かしい地へ
この歌とともに――

ばらよ

芳(かぐわ)しい花
ばらよ
おまえは
枕べで
あの人を
見守っておくれ

芳しい花
ばらよ
おまえの
香りが

あの人の
心に届くように

ひとひらの
花びらの
愛らしさを何にたとえよう
眠る
あの人の
唇に口づけしておくれ
いやもし
叶うならば
今宵だけ
おまえの紅(くれない)の
ひとひらに
ならせておくれ

芳しい花
ばらよ
おまえとともに
枕べのあの人に
静かに咲かせておくれ

船出 Ⅱ

舟は出る
風は吹く
進み出す
海原へ

何がまちうけているか
神のみぞ知る

舟は出る
風は吹く
白い帆は
わたしの希望

嵐の日も凪の日も
神はおられる
そして　あなたは
祈られる
全ての人々のために

舟は行く
風は吹く
明日へ明日へと
約束された
あの地へと
あなたの待つ
あの地へと

クリスマス　Ⅱ

新しいくつ下をはいて
今日はクリスマス
あなたにもらった赤いセーター着て
今日はクリスマス
あたたかい紅茶をのんで
いざや教会へ

あとがき

熊本・大分の大地震災害を目の当たりにし、いまわたしはどうしようもない感情に悩まされています。

からだと心を病んでいる自分。災害を目の当たりにしながら何もできない自分。そんな自分にどうしようもなく腹が立っています。

でも、被災された方々の苦しみや悲しみ、これからの苦難を思えば、こんな自分であってはいけないと思わされ、苦難に立ち向かっておられる姿を見るにつけ反対に勇気づけられています。

こんなふうに書いたら、「おまえにこのつらさがわかるのか」と言われそうですが、本当の気持ちです。

いまわたしは、八十八歳の父と九歳の犬と暮らしています。母は数年前に他界しました。父には永く生きてほしいと願っていますが、子より親が先に逝くのが摂理。いやがおうでも、からだと心の病と折り合いをつけながら独りで生きていかなければならない時を迎えます。それを考えると……。

愚痴を述べてごめんなさい。

でも、ひとつ思うことがあります。それは、死ぬまで自分なりになんとか生きぬこうということです。

悩みや苦しみがひとつもない人は幸いです。けれども人はみな、他人(ひと)には言えない悩みや苦しみのひとつやふたつは抱えています。そのことを思えば、ひとりになっても自分だって生きていけるような気がしています。

これからもいろいろなことが起きるでしょう。それがどのようなことかわかりませんが、人はそのたびごとにハードルを跳び越えたり跳びそこねたり、また跳び越えたり跳びそこねたりをくり返しながら生きていくのでしょう。

わたしもいま苦難を抱えている方々に思いを寄せ、また苦難を越えんと苦闘されているお姿から力をいただいて生きていこうと思っております。

東北の方々、熊本・大分の方々、そしてなんらかの苦難を抱えておられる方々、どうぞおからだだけは大切になさってください。

心のランプに灯(ひ)をともしてください。

また来る春に希望をもって。

二〇一六年六月

田中みずほ

田中みずほ（たなか　みずほ）

1963年3月、福岡県福岡市に生まれる。
1985年、桐朋学園大学音楽学部声楽科卒業。
同大卒業後、中学校の音楽講師、女声コーラスの指導などを務める。
明治以降現代までの詩人の詩に曲をつける作曲活動をライフワークとしている。
福岡市在住。

伝えてよ　風

2016年7月28日　初版第1刷発行

著　者　田中みずほ
発行者　長谷川幹男
発行所　青風舎
〈営業〉東京都中野区中央2-30
〈編集〉東京都青梅市裏宿町636-7
電話 0120-4120-47　FAX 042-884-2371
mail : info@seifu-sha. com
振替 00110-1-346137
印刷所　モリモト印刷株式会社
東京都新宿区東五軒町3-9

☆乱丁・落丁本はお取り替えいたします。

ISBN 978-4-902326-57-4　C0092